歌　集

青き斜面

木下孝一

第1歌集文庫

目次

序

現在の歌壇にはエンジニアの作家がかなりいるが、私たちの「表現」でも、主立った同人中に技術者が何人かいる。この歌集の著者木下孝一氏もその一人で、氏は現在日立製作所の特許部門の中堅幹部として活躍している。氏が作歌を始めたのは中学時代からで、「アララギ」にも早くから入り、厳しい写生を学んだ。「表現」には創刊間もなく参加されたが、それは勤務先が同じ会社であるばかりでなく、こうして作歌的にも同じ立場にあったためと思う。「表現」での氏は、地味だが堅実な作風で生活短歌に独自の境地を拓き、四十三年には第六回表現賞を受賞したが、同時に評論面でも健筆を揮っている。

いで湯浴むと妻と連れ立つさざれ道月の光の白く射し来ぬ
熱をもつその手をとるに我が指を握らむとする吾子の生命《いのち》よ
つややかにま赤き革のランドセル今日買ひに来し父なり我は
ある朝を早く鏡に向ふ妻いたく素直に化粧しゐたり
息あらく眠れる父の頬骨のふかき翳りを朝光に見つ

この歌集は昭和三十一年から四十五年までを第一部とし、三十一年以前を第二部としているが、第一部「谷のひかり」は、著者の新しい人生の門出ともいうべき新婚旅行の歌から始まる。右の一首目はその一連中のもので、冒頭の「舟べりに夜の水ひそかにひびきつつ現身冷えて妻とゐにけり」以下、いずれも初初しく清浄な佳吟で、私はふと中村憲吉の「磯の光」を思い出した。

こうして著者は心優しい妻と家庭を築いてゆくのだが、長い歳月の間にはさまざまな起伏があった。生後僅か六カ月で世を去った長男、精神的な苦悩を負う妻、更に慈父の死等があり、一方、長女の小学校入学、その弟妹の誕生と成長等は、著者に明るい希望と歓びの光を与えた。掲出の例歌での「…吾子の生命《いのち》よ」にはわが子を奪われる痛切な父親の慟哭があり、妻を詠んだ一首には温い労わりと情愛が籠められている。父の挽歌一連の中にみられる終りの作は、リアルなだけに一層哀切深い。こうした中にあって入学の子のランドセルを買う一首には、父親としての幸福感と何か強い意志的なものが漲っている。

旋回クレーンが吊りしフレーム我が上をおし移りつつ日光《ひかげ》遮る

坑道のふかき底ひを流れゐる水を照らしつつキャップライトは

提出されし答案もちて教室を出づるしばしのわが孤独感

紺青の海にま向ふ段丘の冬日に白く大根を干す
火口丘の岩の斜面におのづから湧く雲のなか硫黄にほひつ
雨脚の移る白根の山ふもとからまつ林こえて虹たつ

ところで大企業のエンジニアである著者は、生産現場や職務についてエンジニアでなければ出来ぬユニークな作品を生むとともに、自然詠にも写生の本道に則った着実な技法をみせている。

初めの一首は工場内での緊張した動きが活写されており、次の製品納入先の炭砿で坑道に入った時の作は特に下句が生動している。著者はまた企業内専門学校に教鞭を執ったことがあり三首目はその時のものだが、教官として味わされた孤独な心理が微妙に描かれている。四首目以下は叙景歌だが、その四首目の紺青の海と段丘の白い大根との絵画的な対照は美しい。続く二首も「湧く雲のなか硫黄にほひつ」の緊密さ、「からまつ林こえて虹立つ」の景観把握等、いずれも著者の力量を示すものといえよう。このほかアポロの月面着陸や万国博覧会等時事的なものもみられるが、例えば「エスカレーターに運ばれてゆくドームのなか青き光は大和の夜明け」等には、新しい現代の抒情がある。

第二部の「螢雪抄」は中学時代からの作品で、著者自身習作期と称しているが、戦争末期の体験を詠んだ「鉄兜ちぎれとびしがかへりみず燃ゆる戸板を踏み走り出づ」でも分る通り、年少にして既にしっかりした基本を身につけている。

幾度か図板の上を転げ落つ豆粒ほどになりし消ゴム

測定に上りしランウェイの北の隅今年つばめの巣をつくりける

オルゴール鳴りやむ君の部屋思ふ聞ゆるらむか冬夜の潮鳴り

一、二首は学窓を出て就職間もない頃の作だが、戦後の困難な時代を背景として純粋な一青年技術者の姿がわれわれの眼に浮んで来る。オルゴールの歌は本集の終りに近く、フィアンセを遠く想う浪漫性豊かな作品となっている。

以上この歌集は著者の少年期から壮年期に至る、かけがえのない半生の記録であり証しでもあるが、その全篇を貫くものは著者の謙抑な人柄と真摯な作歌姿勢である。この出版を機に氏が一層歌境を深められることを祈るとともに、歌壇諸先進のご叱正とご鞭撻をお願いするしだいである。

昭和四十八年九月

礒　幾造

第一部　谷のひかり

昭和三十一年より昭和三十四年まで

嵐峡唱

舟べりに夜の水ひそかにひびきつつ現身冷えて妻とゐにけり

船頭に声を残して夕闇の汀の石に妻と降り立つ

いで湯浴むと妻と連れ立つさざれ道月の光の白く射し来ぬ

うぐひすの声は谷間にきこえつつ妻と目覚めの言葉交しぬ

百鳥のさへづり谷の水の声目覚めすがしく妻ときくなり
朝の湯に身はきよまりて新妻といまだ蕾の桜をぞ見る
咲き満つる桃の一木の下をゆくみどりかがやく水は速しも

藤原ダム

雪山のあひ寄る奥にダムの壁おし連れりその急斜面
そそり立つ岩を蔽《おほ》ひて雪鮮《あた》らしケーブルクレーンは雪の上にあり
雪眼鏡外して仰ぐダムの空渡るキャリヤーのひびき澄みたり
出稼ぎの荷を背負ひゆく女らは凍れるダムを渡るとぞいふ

初声

胎動は我がたなぞこに伝ひくるわが手しづかに妻に触るるに

陣痛の痛みに耐ふと差しのべし妻のその手を我は握りつ

カーテンの間《あはひ》に暁の星は見ゆ分娩室に妻は入りたり

初声を今こそ聞けり分娩室の壁をへだててあはれその声

初声につづく初湯の音ならむ壁へだて待つ父なり我は

振動音

我が知らぬ何の理論のひそめるやギヤボックスの異状音響

設計者我をあくまで虐《しひた》ぐる騒音たかき巻上装置

夢の中に我をさいなむ振動音夢を怖れて我が目覚めたり

クレーンの振動事故に関りて過ぎしひと月我が身痩せたり

振動のつひに止りし我がクレーン涙迫りて我は仰ぎつ

裸木

レントゲン写真撮るベッドに寝かされて何と小さく見ゆるか吾子は

レントゲン撮影すみし吾子抱き粉雪となりしガラス戸に倚る

父母の知らざる室に連れ行かれ吾子よ如何なる手術受けしか

看護婦に抱かれて来し幼な吾子麻酔の残る息にほはせて
涙ためし瞳みひらき母を求むギプスを巻きて帰り来し子よ
下肢固くつつむギプスの白くして今日より自由を失へり子は
裸木の梢冴えたる夕空に学塔の時計明るさ保つ
眠りゐるベッドの吾子に妻と居て夜の病室の玻璃戸潤ふ

黄色の靴

ギプス巻く吾子を抱きて乗る電車席ゆづらるることも侘しく
ギプスの足ひきずりて這ふ吾子見ればその両肘に力をこめつ

立つことのまだ許されぬ病む足に這ひ寄る吾子よわが膝のうへ

あふれゐるいで湯の音よ吾子と妻我を呼びをりその湯ぶねより

今宵のみギプスを外し眠る吾子伊豆湯の宿の冬夜あたたか

脱臼の癒えたる吾子は黄の靴はき畳の上をぴたぴた歩む

チョークの色

柳芽吹く銀座通りを歩み来つ品質管理の講習終へて

保存して幾年かたつ研究資料埃にほふを取り出だし来つ

我が講義待つ教室のざわめきの聞ゆる廊下歩み近づく

批判的瞳を意識せし時し板書の図式我つよく書く

黒板に我がつらね書く数式に幾たびチョーク折れてひびきつ

チョークの色使ひわけつつ数式を書きて教ふることに慣れたり

昭和三十五年

いのち　　純一、六ヶ月の生命をはる

声もなくベッドに吾子の吐く気配あやふく知りつ襖へだてて

浣腸のあとの襁褓《むつき》を染めし血を医師こもごもに来て見たりけり

X線透視のもとに診断は下りつ手術あるのみといふ

手術台に寝かされ小さかりし吾子麻酔のマスクかむるまで見つ

麻酔より覚めくる吾子が母の顔見定めしらし泣く声出でつ

熱をもつその手をとるに我が指を握らむとする吾子の生命《いのち》よ

ガーゼにてふくます白湯《さゆ》にしばらくは光る唇のまた乾きゆく

注射して吾子の呼吸のしづまりぬ牛乳配達の過ぎしあかとき

聞き澄ます呼吸のふかさ汝がいのち祈りてここに父母はあり

いとけなきその体よりゴムの管引きてベッドに眠れるあはれ

死に近き汝の生命のとき刻む酸素吸入の泡立ちの音

顔ぢゆうをゆがめて泣けば泣くときに酸素吸入の管外れけり

われの血がかぼそき汝の血管をさぐりあてて今射し注がれつ

リンゲルを打ちたる後にかがやける瞳は父母を見分けたるらし

死に近き吾子の手をとる手をとりてやらなと我をうながす妻と

まだ生命ある指の爪切りてやる紙に包めり吾子の形見と

その呼吸いよいよ早く夜をこえて目守《まも》りつづくるその息の数

呼吸《いき》絶えし汝の鼻腔に吸入の管残りゐて泡立つ酸素

病院の朝《あした》の廊下去らむとす死にし純一を我は抱きて

この地《つち》に現身沈みゆく思ひ死にたる吾子を抱ける我は

死にし子を守りて帰る妻とわれ朝《あした》の道の霜はゆるびつ

死にし子に朝は供ふる粉ミルク泣きつつときてゐる妻を見つ

ただ笑《ゑま》ふのみの写真よ供へたるミルクは少し熱すぎないか

昭和三十六年より昭和三十七年まで

チャイム

オルガンを習ふ幼き五つ指鍵盤をおしあはれ小さし

光澄む三崎の海に傾きて展《ひら》けし畑に大根は育つ

岩の上の若きコーラス寄る波の潮の光のすがしきものを
夕光《ゆふかげ》に青む芝生を区切る道少女ら帰るチャイム鳴るとき
チャイムひびく芝生は青き夕明りテレビ工場の少女ら帰る
統計の事務を受けもつ処女《をとめ》らのタイプ打つ手のリズムもち来ぬ

冬の町

初冬の巷の空へ少年は胸に抱き来し鳩を放ちぬ
採点を手伝ひ記憶に残りゐる幾人の名は妻の教へ子
サンタクロース待つ夜の吾子の気懸りは煙突のなき我が家のこと

チューリップの花の図案の色美《は》しきエプロンの子が手を伸べてくる

冬の町に水は動かぬ用水路凍みとぢたれば芥《あくた》うつくし

QC教育

黒板に大きく我は円を描くデミングサークルを君らに説きて

感動なき顔を並べて君らありQC教育を我が受け持つに

教案にメモしておきし比喩一つ君らの顔を見れば言へざり

チョークの粉はたきて時計腕に巻く講義終りし教卓の上

後楽園所見

園の木々に移りゆく雨の音をきく町のとよみはほど遠くして

樹齢二百五十年とふ彼岸桜今年の花をけふ来り見つ

泉水の石橋の上にすれちがひ金髪の少女の声ききにけり

雨はるる夕の光流らふる林泉《しま》の水際《みぎは》に白し桜は

園ふかき木の間に仰ぐ夕空の雲の光は移りゆきたり

炭鉱展

ドラムカッター自重六瓲が位置占むる展示小間には白砂敷きつむ

展示場一人離れ来て町を行くしばしの時は旅の思ひす

炭鉱展に今日し来りし平市は旧暦端午の鯉幟たつ

炭鉱展にドラムカッターを据付けて来たる今宵を良きかな菖蒲湯

入梅の天気図我は嘆くとも炭鉱展は明日に始まる

厚板の反り

旋回クレーンが吊りしフレーム我が上をおし移りつつ日光《ひかげ》遮る

クレーンが吊りし鋼板厚板《あついた》の反《そ》り撓めるはその自重ゆゑ

おのづから反りつつ空に吊られたる鋼板の厚み我は目に読む

エレベーターを出でし時より議事の経過反芻しつつビル街を来ぬ

交叉路をへだて夜霧の中のビル思ひがけなくま近くたかし

話題なく客の接待を終りたるふかき疲労に電車にぞゐる

石炭水力輸送装置

炭鉱へ上る紅葉の山明るし穂すすき光るところ過ぎ来つ

色錆びて水力輸送管路あり草もみぢせる石炭の山

石炭を流すコンベヤここに見ゆ穂すすき光る山の一角

坑口へ傾き入りてゆく炭車我ら乗りたり鉄帽かむり

坑道を行きつつぞ聞く水力輸送管路を水の走るその音

坑道のふかき底ひを流れゐる水を照らしつキャップライトは
坑道を遠く来てここに機械室広し給炭弁の群立
水と共にとどろき落つる石炭の流れローヘッドスクリーンより
石炭の群粒間《ま》なくなだれ落つその振動の伝ふステップ
戸を閉《さ》せる軒多き炭鉱社宅にて幼きは知らず斜陽産業

昭和三十八年

　幼き表情

ファインダーに目守《まも》る幼き子の歩み人波の中の赤きオーバー

笑顔ともつかぬ幼き表情は父のカメラを意識するらし

頭から逆さにすべる滑り台得意顔して子はくり返す

幼き日我はいかなるランドセル持ちしや戦災に失ひしもの

つややかにま赤き革のランドセル今日買ひに来し父なり我は

歌ふごとく遊びませうと誘ひにくる幼きは青き簾《すだれ》の外に

庭先にままごと遊びする子らは母なる役を望み合ふらし

廃品となりし旧形電気釜ままごと遊びの道具となれり

三人の子らそれぞれの声はづむ庭の方より落葉焚く匂ひ

霧

動きゆく霧のまにまに芦の湖の水光るうへの残雪の山

春を待つ裸木の枝は影のごと狭霧こめたる谷に傾く

笹群の靡く斜面にはだら雪見えつつふかき霧移りゆく

湖岸《うみぎし》の宿に目覚めつ玻璃窓に光りひるがへり飛ぶ岩燕

木洩れ日のゆらぐ水には鱒の稚魚群れて動けり若葉明りに

鱒の稚魚群なす動きすがすがし若葉を映す水浅くして
紅葉明り

日に透きてもみぢ照りたつ雑木原浅間の空にはつか雪見ゆ

穂すすきの白く靡かふ磯の端うねり寄せくる日本海の波

日本海に沿ふ村々は晩稲すみし稲架つらなれり時雨るるもとに

石碑《いしぶみ》に刻む兼六園の銘紅葉明りに我は目守《まも》れる

幸せをもたらす雁行橋《かりがね》といふ石踏みて泉の水を渡りつ

蕎麦の花白く乱るる山の畑義妹が嫁ぐ村に来にけり

籾を焼くけむりと思ふ暮れし野を婚礼より帰る道に匂へり

昭和三十九年より昭和四十年まで

納　期

電話にてくり返し迫りくる言葉納期切詰めを拒むすべなし

クレーンの納期切詰めに来し客を我は導く機械現場に

フレームの巻胴組みてゆく作業見終へし客に紅茶すすむる

彼もまた険しき顔となりてゐむ言ひ争ひし電話切りたり

夜行寝台

暁のほのか明りに目覚めゐて心組む今日の業務の段取り

ひらめきて心に浮ぶ処理事項メモせし紙はクリップしておく

資料ファイル枕べに寄せ目覚めをり速度増しゆく夜行寝台

車中にて買ふ新聞の地方版なじめぬも憂し朝の車窓に

夜行にて着きし大阪コーヒー店に時過す朝のラッシュを避けて

クレーンの承認図折りたたみつつ質疑いくつかあるを予測す

建築用タワークレーンのロングブーム陰影は鋭《と》し月照る空に

父の家

吾が父が働きて一生の願ひなりしおのれの家ぞ建つ日近づく

団地群ひらけし町は父の家建たむ林と遠くへだたる

枯れ枯れの分譲地区に建つ家の木組み貧しく冬の日に照る

風わたるすすきの原の光りつつ分譲土地を区切る道あり

分譲地に荒地野菊の咲く見れば久しく秋の草も見ざりき

夢と現実

父母と別れし生活始まるに米の加減にも妻は戸惑ふ

守役の祖母が千葉に移り住み千恵子の離乳のとき延びてゐる

住居の写真スクラップつくりつつ妻には妻の夢と現実

間取りのこと予算のこと妻と論じつつ楽しかるべきことに疲れぬ

雨の漏る風呂に傘さして入るなり楽しむごとくわが妻も子も

霜柱けふ乾きゐる土踏みて父母は来ぬ汝の墓べに

とこしへにみどり子の汝を瞼にす霜柱たつ墓原の土

ともなひて墓みち歩む幼きにをさなく逝きし兄を教ふる

製鉄所

梅雨明けの雲光る千葉製鉄所アンローダー幾基海に向きたり

岩壁のま下の潮に製鋼の冷却水吐出の渦かがやけり

転炉よりたつ火に照りて近づくはまぎれなしわが社製作のクレーン

大転炉に溶銑注《つ》ぐ火ふきたつや火照りつつ厳《いか》しわがレードルクレーン

圧延機を離れ冷却しゆくとき深紅のカーペットの如し鋼板

くれなゐに照る鋼帯はひた走り巻きとられつつ目にとどまらず

古き棟木

濁水の浸せる後をにはとりと共に住みにきこの二階の家

きよらかに死にし子の顔毛布にて抱きて帰りしこの畳の上

諍《いさか》ひの声も幾許《いくばく》しみてゐむ妻と十年を住みし家の壁

炎天にたつ土埃わが家を崩せし壁はまた土となる

古きわが家を構成せし棟木《むなぎ》古材として今運び去るのみ

崩《く》え落ちし壁土に埋れ残りゐて水光りつつ滴る蛇口

わが古き家は跡なし夕光に古材積み上げトラックは去る

古き家毀《こぼ》ちたるあと土埃しづまる夕べ地縄をぞ張る

昭和四十一年

金ヶ作下水処理場

雑木原拓《ひら》きし下水処理場に連る団地見えてはるけし

冬空のもとに光れる消化槽団地ゆゑ施設コンパクトなり

雑木の丘切り通したる地層あとあらはに背にし消化槽たつ

赤土を吹きゆく風の中に見ゆ汚水沈澱池の光るその構図

沈澱池の水に舟艇を浮べしは施設の補修工事するらし

起動停止くり返しつつポンプあり汚水の浄化されゆく過程

団地の子ら団地の家に帰りゆく風吹く中を帰りゆく声

妻

妬みもつ人の眼を意識して心傷つく妻あはれなり

いさかひの和解のときを失ひて病のごと人を恐るる妻よ

涙ぐみゐる妻の膝離れざる幼き心傷つくな吾子

みづからの心虐げゐる妻を説きつつときに我も乱れぬ

うなさるる妻の声にて覚めしのち連れゆかむ白き病院思ふ

病院より妻守り来し用水路風吹く水に水皺《みじわ》光れる

寝ねぎはに薬を飲みてゐる妻に常の心のはやかへり来よ

医師を信じ飲むにあらねど黄の錠剤効きたる妻の深く眠りぬ

眠りつつ心の疲れ癒えゆくや妻の寝息を聞きすましをり

薬飲みて眠れる妻に添ひ寝つつわが夢浅く断続しゆく

出張は一夜なれども病む妻の薬の袋たしかめて立つ

病む妻と一夜はなるる出張の鞄は妻の手より受けとる

くきやかに夕空にある伊吹嶺の車窓にかたち移りゆくなり

れんげ野も麦野もひたに流れゆき暮るる車窓に妻思ひをり

危ぶみて交す会話に神経を鋭くしたる時は過ぎけり

妻の心常の心にかへりたる今たしかなりわが家の平安

わが庭の夏みかんの木若葉して花のむれ咲く五月のひかり

みかんの花白くむれ咲く夕明り花の香保つ庭に帰り来

白きレース編みゐる妻よ幻聴に乱れし夜々を今は忘れむ

鉱夫の像

ドラムカッター自重六砘を吊りおろす三又の柱トラック跨ぐ

梅雨の雲切れし日射しに照り映ゆる展示ローダの油脂匂ひたつ

クローバーの花白く咲く草丘に展示機械の荷おろしつづく

炭鉱の子ら登る山葉桜の枝吹き撓《たわ》め風光るなり

虎杖《いたどり》の群れ生ふ斜面吹きおろす風下にくろぐろ貯炭場見ゆ

戦ひの日に築きけむ鉱夫の像総蹶起と刻む文字残りたり

貨車ひびく朝の目覚めに炭鉱の山うぐひすの声ききにけり

水玉模様

幼子の汗あゆる手に握られてゴム粘土何の形なしゆく
お揃ひの水玉模様のワンピース妻子らを面映ゆく見送る
まがき道幼き声の走りきて揚羽の蝶は高く逃れぬ
木下蔭涼しき坂の道過ぎて芝青く校舎白き炎天
木洩れ日の光揺れつつパレットに少女は藍の絵具をときぬ
画用紙にほしいまま描く子の構図立木のかたち心にもたず

教室の窓いくつかを描く構図幼き視野を単純化して

電子管工場

しづまりて晩夏の光かげりなく電子管工場ここに列る

受信管生みなす流れ方式の位置一つびとつ少女ら守る

受信管組む工程のラインごとに管理図はありその赤き線

むらさきのガスの焰が電極を封止する自動運転を見つ

エージングコンベヤの上の管体の光り保ちつつ移る群列

コンベヤの帯動きつつ管体の流れは自動検査機に入る

検査機をはじき出されし管体を箱に詰めつつリズムもつ指

溶接の光

澄む空のま青きに形なすビーム鋲打つ須臾の真紅見しめつ

秋天に形きめゆくビームよりリベットを打つ音なだれくる

昼暗き製罐ヤード吹く疾風《はやて》溶接の火花靡きつつ見ゆ

溶接の光たつときガーダーの腹板《ウエブ》の幅に火花落ちこむ

夕闇に黒く横たはるガーダーに溶接のひかり時おきてたつ

わが気付かざりし様式とり入れし資料は配布されぬ他課より

ビジネスの上といへども競ひゐて今日ひとつ遅れとりし悔《くや》しみ

白根山

からまつの林を透きて射すひかり穂すすき白き斜面こえゆく
澄む空にいただき白き白根見えバスは過ぎゆく石楠花の原
溶岩のなだれて形なしし尾根夕光にその山襞ぞ鋭《と》き
火口壁こごしくそそる岩白し青く湛へし湖をめぐりて
夕つ日のあまねき光浴む処女《をとめ》白き岩根をこえて来にけり
白根よりロープウェイにて下る谷たち枯れし木々のうへ移りゆく

立ち枯れし木々しろじろし高原の果てなる山に朱の月出づ

白根より流るる硫黄の水といふ赤き水ゆく紅葉の谷を

冬の日に

草枯れの山の起伏をこえてゆく送電線の鉄塔幾つ（伊豆七首）

韮山をバスに過ぎつつ冬あたたか山にひのきの若木育つも

眼下になだれたる谷夕光をあつめしところ穂草光りぬ

傾きし陽にさらされし一谷の萱の穂むらは光みだせり

紺青の海にま向ふ段丘の冬日に白く大根を干す

岩壁にまぐろの腹を運ぶ人夫いちやうに赤きシャツを着てをり
腹裂きしまぐろ鮮烈に赤き印象埠頭市場に見て過ぎにけり
もの読むと書棚に立ちし数歩にもつめたき夜気を動かしにけり

（病む妻　六首）

危ぶみて幾日か経しが常ならぬ想念はまた妻をさいなむ
ものの音一つにもつきつめゆく心きはまるときに泣く妻あはれ
潮鳴りのごと想念の湧くといふかなしき妻の髪に触れゐし
安らぎと眠りに妻を誘《いざな》はむ錠剤に心たよる幾夜を
ある朝を早く鏡に向ふ妻いたく素直に化粧しゐたり

よき妻にならなと我にくりかへす妻の心は和《やは》らぎしなり

諍ひて泣きわめく子らを叱る妻思ひのほかに声しづかなる

いとけなき反抗期らし母と子のやりとり聞けば子も理屈言ふ

昭和四十二年

埃のにほひ

書舗に来て我は手にとる家を建てしわが体験記載りし雑誌を

予算など決めて来つればクリスマス待つ子の玩具ひとゝき選ぶ

結婚して姓改まり勤めゐる君呼ばむとき我はとまどふ

水栽培のグラスの面に光りつつ白きカーテンの窓の投影

スイッチを入れしとき電気ストーヴに埃のもゆるにほひたちたり

サインペンが使ひよからむなどと思ふ歌を推敲する冬の夜に

ビル街の窓みなともり窓ごとの企業は吹雪く闇へだてあり

横窓に見えて雪降りしきる日をシクラメンの鉢玄関におく

天井のアクリルドームの雪明り二階にのぼる階段寒し

試さむと

新しき勤めに我を試さむと夜半くり返し思《も》ひて覚めをり

ひきだしの中にて皺になりてゐる事務用箋をわが残しゆく

新しきわが職務ゆゑ教習のテキスト一つ鞄にしまふ

空襲に失はざりし文献を教材としてわが読む日来ぬ

工学の図書の幾つか身にもちて焼夷弾降る町を逃れき

怠りて過ぎし日今し悔しめば材料力学一ページより読む

花若木

萱屋根の背《そびら》に山はしづまりて立木明りの夕づかむとす

崩《く》え残る煉瓦の塀に影ひきしみづきの枝のいまだ芽吹かず

入海は陽に霧らひつつ発電所たつ対岸の陸揚機《アンローダ》見ゆ

裸木は芽吹きのまへの枝光り丘の笹むら日々に明るむ

つぼみもつ桜の幾木まじりつつ山は芽吹かむ明るさに満つ

文献の数式の列読み進み自虐の心萌すときあり

席並べ受講しつつわが気付きたり今の学生はノートをとらぬ

教室の窓ひらき見る眼下《まなした》の棚田の畦にみどり萌えきぬ

花白き桜若木は揉まれつつ丘の斜面を風吹きわたる

ひのき立つ丘のいただき吹く風の鋭きひびき校舎にきこゆ

棚小田

遠丘の菜の花畑の黄のひかり見えつつわが瞳疲れゐる日よ

岡のかたち変る錯覚まなかひに雑木の若葉かがやきたちて

峡田《はざまだ》の奥に山岨《やまそは》ひらかれてあかき土押すブルドーザー見ゆ

灌木の若葉に風のわたる渓《たに》山岨のつち断面あかし

若葉風わたる峡《はざま》に方形に代掻きし小田くろく水張る

霧の中に丘のはざまの小田見えて田蛙の声満ちゆく朝

峡田は丘のかたちを映しつつ早苗そよげり朝の曇りに

灌木の群吹き分けて風過ぐる丘の斜面のかがよふ青葉

棚小田に傾く丘の遠目には風にしろじろ光る草の花

平行にしばらく並び走る電車運ばるる通勤の顔見合ひつつ

校舎めぐる青葉の深き照りかげりむらがりて蟬の声湧きにけり

提出されし答案もちて教室を出づるしばしのわが孤独感

永平寺

そびえたつ杉の梢に見ゆる空移りゆく雲のひかり遠しも

永平寺の大杉のもと添ひ行けどいま知り難し妻の思ひの

法堂《はつたう》へ木のきざはしを上るとき松葉杖つくひとと並びぬ

永平寺の廻廊のもとの石だたみ水流れつつ蟬時雨せり

僧堂へわたる廻廊の中庭の苔を照らして青き夏の陽

僧堂の床に流らふ夏ひかり磨かれし土間青葉明りす

僧堂の青葉明りの座禅の間寂《しづ》けし黒き座布おかれゐて

塩原・那須

布滝とふ落差の低きたぎつ瀬の岩こゆる水幅ひろく落つ

おのづから湧く雲動く塩の湯の谷に水車の音ひびくなり

東電那須変電所あり茶臼岳を正面《まおもて》に見て穂すすきのなか
那須岳の岩の斜面を霧移り青き裾野は吹きはれむとす
那須岳より裾野見はるかす果て青み吹かるる雲は眼下に見ゆ
熊笹のす枯れて白くなびきたる那須山腹を霧吹きわたる
溶岩の谷ゆく霧のなかにしてゴンドラはいますれちがひたり
火口丘の岩の斜面におのづから湧く雲のなか硫黄にほひつ

石楠花

桑畑に風光りつつ続く道吾妻《あがつま》川にバスは沿ひゆく

雨脚の移る白根の山ふもとからまつ林こえて虹たつ

石楠花の花群を打つ雨過ぎて白根ふもとに虹たちにけり

ゲレンデの草枯れの上のなかまど紅葉はあかく雨に濡れゆく

たちまちに雨は過ぎつつ立ち枯れの木々くろし火口丘の起伏に

山頂を吹きわたる雲湧く雲のなかにみどりなり火口湖の面は

浅間嶺の裾ひらけたる砂礫原つらぬく道をわがバス走る

箱根にて

この谷のひらけゆく仙石原の方霧の流れの遠白く見ゆ

高原の朝行きて黄の珠実もつ蔓うめもどきをひとは手折りぬ

仙石原の萱原の果て朝光に照る山肌をゆくバスは見ゆ

杉山の山の背ごしに射しとほる光にみだれ萱なびく谷

硫黄のけむり靡かふ谿ゆま向ひて箱根の空に富士白くたつ

音たてて灼熱の湯を噴くところ煙は岩の谷這ひのぼる

噴煙のこえゆく硫化鉱の谷ここに生ひつつ穂すすき光る

いしぶみの茂吉の歌を読まむときわれは小さき一人と思ひき

夕映ゆるひのき木原のつづく果てむらさき立ちし箱根山なみ

父と銀座に

退職の父に贈らむ品選び父と銀座に待ち合はせたり
地下鉄を銀座に出でて約束の時より早く父に逢ひたり
歳末の銀座を父と今日行きてしかすがに思ひしむ父は老いたり

昭和四十三年

残る雪

校門を出でたるところ夕光に冬枯れの笹さやぐ坂道
夕寒く陽は射してをり赤土の地層あらはなる切通しみち

枯笹の吹かるる丘に赤土の層あらはなる断面は見ゆ

冬朝の目覚めの床に着替へつつ肌着に光たつ静電気

雪うすく降り敷きし朝はれゆけばきほふ心をもちて家出づ

降り過ぎし朝明の雪は凍土の土のおもてにしばし残りつ

まなかひに雪降る丘のひのき群《むら》吹雪のなかにとよみ鋭し

草枯れの丘の裾ゆく道ほそく雪残りつつ光る夕ぐれ

冬枯れの灌木の枝の夕明り山岨《そは》みちに雪は残りぬ

凍みとぢし苑池の面にならぶ鴨斜光のなかに動くともなし

雪のこる苑の木立の彼方にてビル立つ町の夕空は澄む

吾子入院

漫画など見つつ入院を待つ吾子の幼き不安われは目守《まも》れり

アデノイドの手術する子は子ながらに心決めゐむと思ひあはれむ

手術すみしベッドに横たはりゐる吾が子眼あきゐて父われを見つ

リンゲルの注射されゐるとき長し子の腕毛布の上に伸ばして

手術せしあと経過よき子の寝顔今宵は妻に付添ひたのむ

妻と子を病院に残し帰る道春の夜寒くバス待ちて立つ

虎杖の葉

朝はやきわが通勤の電車にて常見る顔のみな黙《もだ》しゆく

平行に光る線路を見つつゐて車窓に眩暈《めまひ》きざす疲れか

通過列車の風圧に乱れかがやけり虎杖《いたどり》の葉のむらがるところ

丘の上のひのき木群に風とよみ日すがらひかり乱す笹生は

苗代を今年つくらぬ峡田の畦に人来て測量しゆく

今年つひに代掻かぬ田の草たけて草の花白し梅雨の曇りに

との曇る峡《はざま》の空にもつれゐし蝶二つ落つ青草むらに

雨けむる丘の青葉の見ゆる窓昨夜《よべ》諍ひし妻をし思ふ

教卓

プログラミング言語記号を記しつつ忘却曲線のこと思ひたり

雲の影よぎる屋上吹く風に午後定まりし体操に立つ

万年筆にインク吸はしむる須臾の音すがしと夜の机にぞゐる

課せられし文献訳読に苦しめる夢くりかへし見て目覚めたり

学生の実験リポートを調べつつ誤字にいらだつわが疲れゐて

暗室の闇の寒さに光弾性写真の像の顕《た》ちくるを待つ

朝の雨過ぎゆく雲の疾《はや》くしてわが校舎くきやかに立つ坂の上

朝礼の教壇にわが言ふことば反応なきときは独言に似る

一年の講義終りし教卓にすりきれしわがテキストを閉づ

空木咲く谷

霧ふかき林を移りくる雨を夕潮騒のごとく聞きをり

山荘をめぐる林に雨過ぎて夕霧のなかひぐらし聞ゆ

暁の風吹く林あらあらと動ける霧を玻璃戸より見つ

空木咲く斜面《なだり》の底に霧動きしらじらと賽の河原とふ谿

花うつぎ咲き撓《しな》ふ樹々霧こめて硫黄はにほふ白き谿の底

殺生石の岩のおもてを雨流れのりうつぎ咲く谷に雲湧く

熊笹の生ひし斜面に硫黄の香吹く霧のなか人は小さし

輪唱　　青年の家合宿

雨はれて夕雲動きゆく方に雪光る富士の裾あらはれつ

星ひかる空に富士くろく大いなり「青年の家」に眠らむこの夜

鳴りわたる起床のチャイム「からまつ寮」を周《めぐ》るから松に朝光射す

光なき雲の移ろふ裾野原見えざる富士の方を見放くる

「友情の池」の朝明けふる雨に濡れたつ処女の像光るなり

ひとりびとり持つキャンドルの火明りに頬光りつつ歌ふ処女《をとめ》ら

キャンドルの炎小さく澄む闇の輪唱のなかわれも歌ひつ

発進のヘリコプターがおこす風枯萱むらを吹きなびかせつ

御殿場の枯野をたちしヘリコプター愛鷹青く澄む方へとぶ

　　丘崩す日

秋深む丘にひと来て灌木の紅葉のままを伐りゆく一日

ヘルメット光りつつ丘に動くひと伐採終へし木の幹かつぐ

伐採の終りし山の夕光に山焼きの火のあかく見えつつ

山焼きの煙はあをく立ちなびき遠きひかりの穂すすきのむれ

丘ひとつ冬木みな伐りはらはれて宅地造成のときを待つらし

山焼きのなびかふ煙へだてつつ土おし削るブルドーザー見ゆ

ブルドーザーが押し削る土なだれつつ斜面にあらはなる履帯条痕

時雨雲朝過ぎゆく丘の上にブルドーザーあかき土きり崩す

昭和四十四年

青き地球

走査線ゆらぐテレビの画面にて青き地球をいま写しだす

半球の青く光れるわが地球月めぐる軌道ゆ写されてをり

暗黒の天に光れる青き地球雲のあわだつ海と陸《くが》見す

宇宙船の窓の視野なる月面のクレーター群が移りゆく見ゆ

太陽よりの風は宇宙を吹くといふけふ読みて知る新しきひとつ

雪

吹雪く日のB29に戦《をのの》きしかの時代にも入学試験はありき

雪空にとどろきし高射砲おもふかの日受験に旅立ちしわれ

たたかひて勤労学徒たりしわれ大学の空白は今といづれぞ

みなぎりて吹雪やまざる天の奥《おき》アポロ九号のとぶ軌道思ふ

もののとよみ絶ゆる雪夜の天遠くアポロ九号にひとは覚めゐむ

疲れつつ電車にをれば眼うらの雪の反射も揺れやまなくに

丘を崩し棚田埋めたる造成地あまねくけふの雪ふりつもる

丘のなだり雪ははだらに解けむとし枯草の秀《ほ》のほそく見えをり

雪消水《ゆきげ》いささ流るるを踏みてゆく校門出でてくだる坂みち

はだれ白き山岨みちの夕明り雪解の水を踏みて下りぬ

坂の道

くれなゐに雲いろづきし暁《あけ》の空丘の冬木はくろく並みたつ

ほとばしる若き気合ひや道場に射す日のすぢに微塵ひかりて

敗戦ののち竹刀さへ捨てし日を今し悔《くや》しみ思ひ出でをり

車中にきく若きら試験の話題にてポツダム宣言とは何ぞといふ

教壇に我は淋しむ近づきし試験に心鋭《と》き君らゆゑ

一年の講義を終へむ今し思ふ君らの胸に何残せしや

このクラスの若き顔みな忘れめや声嗄《か》れて最終授業終へたり

若きらの学びて一途なる心われを鞭打ちわれも学びき

二年を通ひしまなびやの坂の道草萌ゆるときわが去る日来ぬ

鎌　倉

北鎌倉より歩く若葉風のみち添ひゆく妻の若やぎて見ゆ

円覚寺の庭行きめぐり石垣の苔のあつみを手に触《さや》りみぬ

柏槇の古りて立つもとつはぶきの一叢の葉に木漏日差せり

瑞鹿山洪鐘堂の鐘きこゆ若葉もりあがり照る山のうへ

柏槇樹およそ日光をさへぎれど盥漱盤《くわんそうばん》の噴水ひかる

樹齢七百年といふ柏槇樹幹は裂けつつ枝さかんなり

七百年の生命のかたち柏槇の幹あららけく裂けて厳《いつく》し

杉の梢かへで若葉とかげりあふ木下のみちにかよふ風あり

建長寺の庭に五月のひかり満ち牡丹の花による処女《をとめ》たち

雲のうへ

いま離陸刹那と思ふ浮揚感たちまち海は遠き眼下《まなした》

海白く東京湾の船群と見したまゆらに雲の飛ぶ視野

シートベルトゆるめ窓より見る空の眼下流れゆく雲の濃淡

飛行するわが眼下に夕映ゆる雲は雪野のごと展けたり

陸奥の山脈襞《ひだ》くきやかに照らひつつ移りゆく見ゆ雲とぶ下に

北に向ふ機体わづかに傾くと窓に陽光射す刹那あり

夕雲に光芒放つ太陽を後へに着陸姿勢にむかふ

クラークの像

少年の憧れわれにかへるごとクラークの胸像を朝《あした》見に来つ

学問の自由を謳《うた》ふビラ幾つ張りたる楡の木下過ぎゆく

長万部過ぎし車窓に夕凪の湾へだてつつ褐《あか》き駒ヶ岳

傾きし陽は室蘭岬のうへ海のひかりのただ射す車窓
透きとほる萌黄若葉の沼岸に波紋のままの水の反照
えぞまつ林暮れてもしばしみどりなり沼尻のみづ白き夕やみ
雪光る岩木山嶺は夕空のあかね消えゆく方に聳ゆる

静かの海

コンピューターが画くアポロの進路軌跡いま明滅すテレビ画面に
部品ひとつ無重力空間に浮遊させ操《あやつ》る須臾の動作なども見す
宇宙よりの画像みだれず写されてアポロ船内の星座図ひかる

いま迫る月の表面にたつ埃着陸船の窓ゆ見えしか

クレーターを過り「静かの海」のうへ月に埃のたつと伝へつ

イーグルの梯子を今し降りゆく足シルエットなす月面反射に

月の砂踏む感触を伝へつつ「静かの海」に立つひとの声

あきらかに月のおもてを写す画面月の地平線ま近にし見ゆ

月面に立つ星条旗靡くがに見えをり走査線のゆらぐ画面に

宇宙より伝ふ雑音交信のなき刻々はドッキングまへ

青き地球をおほへる雲に迫りゆくアポロ機上の視野思ひみつ

電離層いま行くアポロ地球への狭き突入角度をひた飛ぶ

父逝く

雑木原枯笹むらを吹き過ぐる風はきこゆるこの北窓に
息あらく眠れる父の頬骨のふかき翳りを朝光に見つ
病む父の呼吸はあらしあご髭のほどほどに伸びて光る白さよ
静脈の青く浮きたる父の腕点滴の針にわが手添へたり
点滴の針射せる腕伸べしまま父はしましの眠りに入りつ
父の眠り守りて明けし窓辺より朝澄む空に立つひのき見ゆ

窓べより見ゆるひのきにからむ蔦末枯れたる葉は風に動きつ

父のからだ拭く湯を沸かすガス焜炉青き炎をわれは目守《まも》りぬ

新聞の囲碁欄小さくたたみしを病む父に見すわが手を添へて

年久しく癌に蝕ばまれ来し父と知らざりしわが今の悔《くや》しみ

吐く息とともに言ふなるきれぎれの父の言葉を耳寄せてきく

何かものを言はむと呼吸乱れたるしばしを過ぎてまた眠る父

苦しみの声さへすでに途絶えつつ昨夜《よべ》よりつづく父の眠りの

一夜ただ眠りつづけて声のなき父の額に汗かわく見ゆ

頬骨の張りたるところ汗の粉の乾ける父の顔をわが拭く

父を看取《みと》りわれに仮眠の暫しありアポロ十二号月に飛ぶ夜を

病院の窓にし近き夜の木立枯葉うつ雨の音を伝ふる

父の死を待つばかりなる今のうつつ窓のガラスに雨滴流るる

櫟もみぢ雨に濡れつつ揺るるひかり曇るガラスを拭きて見にけり

月にいまひと立つ時か死のきはの父に逢はむと月夜みち来つ

半月をめぐり流るる雲くろし「嵐の海」にひと立つこの夜

サインペン持つ父の指ふるへつつ画用紙に書く死のきはの文字を

焦点のさだまらずただ開きゐる父の瞳いまは子のわれを見ず

幾ときか続きし痰のからむ音今し絶ゆるを我は目守《まも》りぬ

吾はいまひとり覚めゐて写真《うつしゑ》の父を目守れり香のけむりに

香たきて父のひつぎを守りつぎし暁のしじまに鶏の声きく

黄菊白菊花のなかなる父の顔ひつぎの窓に今は別れつ

とこしへに眠れる父の家は此処裏の林に月はのぼりぬ

諦むるほかなき父を看取りしか夜々の時雨はいちやう散らしき

父の死の迫りし雨の日の公孫樹《いちやう》日を経て今も目に顕《た》つあはれ

昭和四十五年

抽斗の鍵

クレーンの鉄骨くろく立つ彼方落暉は今し朱の雲のうへ
辞表ひとつ預りてゐる抽斗《ひきだし》に鍵をかけをりこの夜の寒さ
さながらに今日の終りの動作にて抽斗の鍵をたしかめて立つ
辞表ひとつ預りしまま過ぐる幾日けふ出張の車窓にぞゐる
説得の言葉を思ひつづけしがしばしは眠る夜行寝台
枯萱の風にさわだつ斜面見え何思ひゆく朝の車窓か

松風

父の骨今し納むる墓のなか純一の小さき骨壺見えぬ

みどり児にて逝きし吾が子の骨壺も墓石の下に十年経にけり

春寒き墓丘行きて松風の音をし聞けば父はいま亡し

亡き子思ひ亡き父おもひ墓原の松の林の風に吹かれぬ

墓どころけふ行きたりし悲しみも明日は勤めのなかに忘れむ

さくら

研究室を出でてはつかの歩みにて風にかがやくさくらの木下

空襲の火群《ほむら》に映えし夜桜は二十五年を経し今さやか

B29墜つる炎に照り映えし江戸川土手の桜いま無し

戦のいやはての春江戸川の桜並木はなべて伐られし

遠く来て新入社せし少女ゆゑみどり恋ほしと日誌にも書く

月の石　　万国博覧会

遠き世の杉の木立のシンボルとパイプのひかり薄明に立つ

エスカレーターに運ばれてゆくドームのなか青き光は大和の夜明け

幻覚のなかの少女のプロフィルの無限にし見ゆ鏡の反射

三十万砘タンカーの船尾を形どる鋼壁のもと人集《つど》ひよる

我も一人の地球人ゆゑLUNAR・ROCK白くライトに曝《さら》されしを見る

シミュレートトラベルへシートベルト締む心危ふきは少年のごと

エレクトーンの鍵盤はひとり動きつつ電子頭脳の曲生まれをり

しろがねに光る繊維のオプチカルフラワーを花と見む時代来ぬ

竹群の下道にさす水明りタイムカプセルを思ひつつ来ぬ

追憶の谷

国敗れし彼の夏を馬草刈りし山けふ我は来ぬ二十五年経て

遠き日も見たりし記憶光る瀬に山女をつかむ少年ら見ゆ

今は亡き父と来にける少年の日の追憶の杉木立みち

幼くて父と来し日に月ヶ瀬の川原の虻に足を腫らしき

この家に病養ひ歌のノート書き始めしは二十七年むかし

ガラス戸に映るぐみの実を詠ひしがけふ来し庭に茱萸《ぐみ》の木はなし

東京の焦土を逃れ来し我に谷暮れて螢光りゐたりき

今思へば敗戦の日は近かりしこの谷に馬草刈りし日ありき

過疎対策指定の町となりたるを嘆きいふ老いの昔がたり聞く

学生のわれは幾度かこの家に米を貰ひき戦後の三年

この家に世代変りし少女の声むかしの君の声のごと聞く

わが遠き記憶のなかの声のごとくいまこの家に少女子《をとめご》の声

第二部　螢雪抄

昭和十九年より昭和二十年まで

勤労動員

警報は解かれて町もしばし静か夕焼雲の燃ゆるくれなゐ

大空へ心こぞりてきびしくも固むる町に月のぼり来ぬ

管制の光寒けき玄関に夜勤へ行くと靴紐むすぶ

夜勤へと出掛くる我にたらちねの母はやさしく外套かけ給ふ

作業前五分の刻《とき》をさはやかに「若鷲の歌」をうたふ子供ら
（国民学校学童も工場へ）
洗滌の青き油の垂るるまま弾丸を詰め込むこの弾倉に
神風特攻隊の若人がわれら造りし弾丸抱きゆくぞ
夜勤より我が帰りくる朝の町にとよむ歓呼は兵立つらしも

受験の旅

空襲に暮れたる今宵東京を西にわが下る受験のために
空襲の吹長しなびく町空の果にし光る雪の連山
吾弟《あおと》らの疎開しゐるはいづ方か雪の山裾汽車は進めり

小駅降りふか雪わけて行く先に吹雪に煙る厳《いか》し学校《まなびや》

試験場の明日の我が椅子をさがしあてひそかに腰を下してみたり

答案を静かに伏せて起立しつ成し終へしあとの心しづかに

空爆の余燼たちけむる東京に受験を終へて帰り来にけり

空襲の日々

照空燈敵機挟みつつ遠ぞけば近き町並くろぐろと見ゆ

敵近しと壕にかけ込み来し父の闇の中にし低く構へつ

数条の青き光は星の空を遠く交叉し敵機とらへつ

わが頭上に迫ると見るやその翼火を噴きたちまち炎となりつ

B29夜空に燃えて火となれば桜並木もぱつと照り映ゆ

わが庭に朝を小鳥のさへづれど町の彼方に黒煙立てり

数目標鹿島灘より近づくとラジオに聞きて機械を止めつ

しろがねのつぶてさながら編隊に友軍機迫る刹那をぞ見つ

父母のとどまりいます東京の空の火の手はいよよ凄じ

サイレンに窓をひらけばくろぐろと森は眠りて薄月かかる

京浜へ向ふ敵機を照らし出し光芒なびく林の上を

敵機去りし暁頃や戸を閉《さ》してふたたび眠るくづるる如く

疎開

東京にて拾ひしと一枚の宣伝ビラ友は見せたり夜ひそかにも
焼跡もここよりは見えぬ東京駅ホームにをれば夕風とほる
栗の花今をさかりのふるさとの山陰道をバスに揺られゆく
瀬のほとり岨道暗き草叢に螢は青くたまゆら光る
日焼けせし額に傷のあともありてまことに田舎の子となりてゐぬ
囲炉裏べに莕飯《ふきめし》食ひをりし吾弟らはよろこびさやぐ父母を迎へて

囲炉裏べに夜業《よなべ》楽しも母と子と蕗の皮むくふるさとの家

福井市空襲

爆音は敵機と思ふ間もあらず空裂くひびき頭上走れり

一瞬に右に左に火を噴きし軒し見かへりつまづきつつ走る

鉄兜ちぎれとびしがかへりみず燃ゆる戸板を踏み走り出づ

燃え果てて町の煙のうすれゆく野末に淡く山明けそめぬ

避難所の広き板間に一杯の白粥すする罹災者は共に

罹災して今かへり来ぬふるさとの青葉の山に蟬しづかなり

敵爆音絶え間なくつづく山の夜空今宵は晴れて天の川白し

昭和二十年より昭和二十三年まで

水引草

岩垣の木隠《こがくり》にゐて丸太挽く鋸の音み山にひびく

杉丸太挽けばおがくづ音たてて水引草の花にこぼれつ

川原によもぎ野草を摘み歩むははそはの母すこやかにいませ

月の光遠くみなぎる国原はあはれしづけし敗れたる秋

月のひかり翼にうけてみんなみの海原こえし若人を恋ふ

勝つをただ一念として働きしわが勤労や空しかりける

闇市

天ぷらの一皿五円食ひたるが心俄かに淋しくなりぬ

闇市のにぎはふ人の波に揉まれわれは忽ち百円使ふ

闇市のいもまんぢゆうを土産にし寒き夕焼の巷をかへる

春の鯖大売出しの闇市をわれは往き来すノーマネーにて

火鉢の火

わが伯母が祖母《おほば》の前をはばかりてひそかに賜ふ一升の米

夕暗き部屋に帰りて鞄をおくひた淋しくて火鉢に寄るも

勉強に疲れし頭休むると小麦粉菓子を火鉢にて焼く

しかすがに試験痩せせるわが面を鏡にうつし一人もの言ふ

火鉢の火半ばは灰になりにけり製図する手をしばしあたたむ

一人の部屋

食堂へ夕の飯を食ひにゆく坂の道には葉桜の風

わが一人夕の部屋に丸干の鰯を焼きて飯を食ひをり

わが心ひた淋しかり小説を今宵も読みて寝につかむとす

薯《いも》ふたつこまかく刻み日曜の昼のたのしみ雑炊つくる

煮干くづ茶がらなど混ぜふかしたる小糠のパンもうましとぞ食ふ

食堂の高粱飯を嚙みしめて帰るゆふべに遠雷をきく

隣の子螢の歌をうたひをりほたるの頃となりにけるかも

苦学する心を諭《さと》す父の言おもへば映画見ずに帰らむ

英語の予習をすると辞書出しそれから歌を二つ三つ詠む

方眼紙うすらに青きその紙に鉛筆の線ほそく引きけり

玻璃窓にほのかに光映ろへば朝は涼しと蚊帳たたみをり

雪の道

雪うすく降りける朝の食堂にやや強《こは》き飯を嚙みしめてをり

風の共《むた》庭樹の雪の舞ひたちて吹きなびきけりこの夕闇に

つくばひに枝をのべたる南天の葉ごとに雪をのせてこぼさず

寝る前に厠へ行くと縁側のガラス戸越しに雪の庭見つ

屋廂にとどくばかりの雪なれば雪のきざはしを路地に上りぬ

葱大根市場に運ぶ橇も見え雪晴れし町はいきほひづきぬ

雪解水しきり漏れくる教室に机片寄せ講義きくなり

つつましく道よけて立つ女子《をみなご》の頬赤かりき雪の野の道

初つばめ

吾を抱きゆふべ門べに立たしけむ若かりし日の母を思はむ

配給のきざみ煙草の匂ひかぎ父に送らむとおもふ楽しさ

葉漏日の光こぼれて黄ににほふ竹藪の中の雪まだ消えず

田の雪はいまだ消えねどふるさとの藁家の軒に初つばめ来つ

風花の舞ひとぶ空の夕明り杉の木群は梢揺れたつ

入海のほとり

白梅の枝持ち遊ぶ子ら見えて磯山陰に椿も咲けり

入海のほとりに君が仮家《かりへ》たてその新妻とつつましく住む

君いまだ独身《ひとりみ》の日に裸女《らによ》の絵を壁にはりしがそのままにあり

入海を低くかこめる裸山夕日は照りて風吹き出でぬ

宵闇の入江の方ゆ吹きつくる風に音たつ風よけの笹

東尋坊

日の光雲とほすときあをあをと海波立つは寂しかりけり

東尋坊この荒磯より身を投げし飢ゑし親子を嘆かざらめや

若きらは磯の林と岩の上と合唱かはす潮風のなかに

若人の声吹き消さふ潮風に海の淋しさきはまらむとす

潮風は寒しとどろく荒磯やしぶきの光厳うちこゆ

葛の根

夕雲を透す斜光にはるかなる麦野のみどり明るみわたる

休講となりしいとまを校庭のポプラ若葉の風に吹かるる

夕雨の降りけむる路地を見てをれば奥なる家にひと二人来し

春の雨降るともなくに庭池に少女《をとめ》は葛の根を洗ひをり

とぎ汁の流れ込みたる庭池の白き濁りはしばし消えずも

夕庭に蕗の葉見ればまろまろとむらがり青く雨に濡れゐつ

一年を住み安らひしこの部屋をねもごろに我は掃除して去る

わづかなる書物寝具をリヤカーに乗せて家移る我が身さびしも

耳遠き媼と二人暮すゆゑ大声に話す癖のつきしか

待ち待ちてありしよと伯父の言ひませば我は嬉しく囲炉裏べに坐る

昨日にて田植ゑすみしと聞きながら餅をいただく囲炉裏の傍に

まなかひの山の斜面《なだり》の青葉揺り吹きおろす風の動き目に見ゆ

戦死せし息子のことに言ひ及び伯母は囲炉裏に薪さしつぐ

茱萸の実

刈り取りて束ねし稲もそのままに吹き降る雨に人は田に出ず

埼玉の野を押し流す濁流を眼にうかべたかぶる我は

スクリーンにまざまざと映る濁流に眼は凝らしつつすべなかりけり

まんまんたる町の出水を照らすらむ今宵の月を一人仰ぎぬ

君が踏むミシンのひびきさはやかに窓の外には茱萸《ぐみ》の実赤し

朝時雨過ぎゆく山は暗けれどここの稲野に日の光澄む

きしみつつ牛車は過ぎぬひとしきりポプラ枯葉の吹き散りにけり

ＪＯＦＧの無線の塔二つ立つ果てに時雨のあとの虹出でにけり

雪　山

米原を汽車出でしときよみがへる記憶の如く雪野展《ひら》け来

吹き荒れし雪をさまりし町空に白き太陽を仰ぎ見にけり

就職のわが決まりたるよろこびも多くは言はず友と語るも

雪の日の囲炉裏の傍に襁褓《むつき》干し湯気たつ見れば心なごまし

うら和み眠らむまへのしばらくをほのぼのと聞く愛《かな》しき声を

冬山のふかき谷間に水鳴りて小鳥鳴き移る雪積む木々に

冬山に我は来りて雪かづく岩間にたぎつ白波を見つ

雪山の遠きつらなりを見てたてば君と別れむ心嘆かゆ

昭和二十三年より昭和二十五年まで

機械現場

罫書きが現場の隘路といふ声あり我は罫書きの係とぞなる

一つ定盤に小さきフレームを罫書きゐる少年工かがまりて無心の姿勢

窓明るく定盤に秋の光射し内山君ねもころにフレームを罫書く

天窓ゆ縞なして射す夕光にしばしは明し残業の現場

スロッターにて小刻みにキー道削るさま何か啄木鳥《きつつき》のこと思ひ出づ

いささかの労務加配の砂糖にて熱き湯を飲む夕べ帰れば

機械係の彼の組長も日曜はねぢり鉢巻にて鍬振れるかも

特急作番完成といふ務めにて海鳴りのごとき夜半の機械音

大きギヤを音ひびき削る正面盤の風捲く如き回転を見つ

夜ふかく荒引き終へしギヤ一つ正面盤を下りて後しばらく眠る

暁にドラムセル一つ仕上りて吊りおろすクレーンのしばしは響く

現場浸水

嵐近づくとふ頓《とみ》に暗み来し現場灯ともして機械とどろく

雨降り込み水漬く現場に働きて職制を衝《つ》く声もおこりつ

機械場をおし浸し来し濁水はピットの中へ流れおつるも

ひたひたと安全道路を浸しくる水の動き今はとどむるすべなし

嵐過ぎしこの夜は更けぬ停電の町遠くゆく夜汽車のひびき

晩秋の夕の雨の降りけむる沼をへだてし廃工場の塀

設計春秋

現場につながる思ひさはやかに機械音ひびく朝の製図室

電球に両手をかざし暖めつ指かじかみつつ製図励める

幾度か図板の上を転げ落つ豆粒ほどになりし消ゴム

製図台にたてかけし傘のしづく垂り埃をうかべ床にたまる水

図面倉庫の亀裂ある白き壁の下ここに草萌え花咲くたんぽぽ

池の水の濁りにうつる藤若葉道をめぐれば製罐ヤードなり

腕時計はづし机のひきだしに入れて製図す暑き昼過ぎ

夕べとなりともす電燈さへただ暑し腕の汗に製図汚して

電燈の光すずしき夜となりて仕上り近き製図つづくる

残業して描きし図面の誤りを道具片付けて後に気付きつ

現場より電話しきりに掛り来てわが設計せしガーダー組まれゆく

組立図わが描きしかばガーダーの組立ちし様を夕べ見に来つ

現場を知らぬ製図とさげすまれ我には返す言葉なかりき

工程の遅るる製図を思ひつつ臥す窓の外木枯吹けり

机の埃

初出勤の朝の机のうす埃また一年を図面ひくべし

英語劇の舞台の上の妹のあるたまゆらは美しく見ゆ

我が生れし雪の夜のことを語ります母よ年々に老い給ふかな

川風に吹きさらされてスケッチす赤く錆びたるクレーンの鉄骨

病後の身をいたはりて製図する幾度か鉛筆を細く削りて

月遅れの支払ひ日にて処女子《をとめご》は箱持ちて判を集めに来るも

鉛筆をわづか三本買ひしのみけふ三越に我は来りて

夕映えつつ冷え沁む空か収穫の漬菜をリヤカーに積み帰るなり

闘　争

首切りの遂に出でしにたかぶれば歩み鋭く夕巷来つ

マイクに向ひ声しぼり団結を叫ぶ君肺冒《をか》されし君と我が知る

スクラム固き我らがインターの合唱を日本ニュースは写しゆきたり

この線をゆづらじとする対立に沈黙につづく激論の声

交渉の決裂となる時迫り時計の音をしばし聞きたり

息ぐるしくなり交渉の席外し来つ夜ふかき庭の噴水を見る

むせかへる夜の廊下に坐り込み我らバケツに汲み来し水飲む

門出でし彼の尾行が任務にて我は腕時計のねぢ巻きて立つ

自転車につけて走りしプラカードも雫するまで雨に濡れたり

語気鋭く闘争を叫ぶスピーカー湧く拍手さへしらじらしく聞く

馘首されゆく一人にて君今は言あらたまり我にもの言ふ

工場閉鎖解かれし今朝はあらたまる心に図板の埃はたきつ

門の表に被解雇者らが売る飴を我は買ひしがただ黙《もだ》し去る

君のカメラに向きし日も今ははるかなり草あをあをと夕日遠かりき

昭和二十六年より昭和二十九年まで

夜の線路

吹雪たつ響に覚めつ闇ふかき部屋の中さへ風吹きかよふ

遮断機は降りはじめつつ君とこゆる夜の線路の光りいつくし

桃の花ガラスの窓に映りゐつ歯の治療すみし口をすすぐも

素直なる視線交ししししばしさへけふの一日のよろこびとなる

かがまりて馬鈴薯を植う春畑の黒き土塊《つちくれ》を指に崩して

髪揺れつつ身をそむけゐる肩ごしに言葉短く我は告げにき

篠懸の青葉の風にさ揺らぎて朝虹はたつ水田の彼方

暮れしづむ池の彼方の青木立君と来しより幾日経にしか

力なく席離れゆく表情に胸打たれしが呼び止めざりき

夕光の久しき庭に玉蜀黍の青くすがしき葉のうちそよぐ

霧雨のガードの下の町明り肩すぼめ階を降りゆきたり

夕刊を買ふ人陰に去りゆけば今は別れし思ひ迫りつ

長かりし苦しみに今は触るるなしコーヒーに砂糖とけてゆくなり

この夜半にひた淋しくて見つめをりいたく面瘦せしわれの写真を

嵐過ぎし夜ふけの庭の月明りコスモスの花は伏し乱れたり

白百合

カーテンを風吹きあふる製図室窓に見えつつ照れる桐の葉

鎮痛の注射に我は眠りしが昨日のままに製図する夢

裸電球の一つ照らせる畳の上手術を待たむ身を横たへぬ

目かくしのまま横たはる手術台明るきひかり意識にありて

夜の廊下を担架に我は運ばれて抱きおろされつふとんの上に

ほの青き光ふふめる白百合の二つの莟ひらかむを待つ

白百合のひらききらぬを瓶のままに残し来りぬ退院の夕べ

製図板の上

苦しみの年となるべし新しき朝の製図の線つよく引く

英文タイプの仕様書ありぬ新しき苦しみを我に強ひる如くに

息乱れ咳きこみつつも今日の間に終へねばならぬガーダーの製図

はかどらぬ我が設計を責むる声幾つか聞きし今日も過ぎたり

工程をせきたてられし今日を思ひ眠らむ際も苛立ちてをり

まさやかに昨夜《よべ》の夢にも顕《た》ちきたるクラブの製図幾日つづけし

夜となる設計室に居残れば田蛙の声遠くきこゆる

誰よりも朝は早く出勤し昨日仕上げし製図見直す

新しき輸出クレーンのメカニズム定まりてゆくわが製図板の上

我つひに仕上げしクレーン設計図涙ぐましくその青図見る

わが製図にいまサインするホジキンソン氏の手首の毛すぢ光れるを見つ

秋の日の光流らふ窓ひらき励む製図を生き甲斐として

わが設計せし百瓲天井クレーンよわが誕生日の今日組み立ちぬ

昭和三十年より昭和三十一年まで

石灰の山

石灰を掘りたるあとの山肌のあざやかに照りこの町に見ゆ

この町をめぐる石灰の山幾山あひこだまして発破とどろく

山幾山セメント工場の噴煙に若葉も白し日光《ひかげ》けぶりて

石灰粉ふき立つ中に稼動して二十年とふクレーンに上る

石灰粉かぶり油に汚れたるシフター機構さだかに見えず

セメント倉庫の建家の間《あはひ》吹きとほる風は目に見ゆ白く光りて

つばめの巣

机に向ひゴム印の日付あらたむるかくてすがしき我が朝々ぞ

我が製図砂ぼこりして日もすがら春の疾風の吹きとよみけり

この幾日ひた描きつぎし我が製図みなぎる線のいきづく如し

測定に上りしランウェイの北の隅今年つばめの巣をつくりける

日に幾度測定に上るランウェイ猿梯子にも我は慣れたり

コントローラ握るわが手は汗ばみぬ斜行研究のクレーン動く

御嶽吟行

この家に水を貰ひに来るならむ少年の声は少女を呼びて

間近より土屋先生を写さむとカメラ構へし我が手ふるへつ

杉の根のはびこる山路踏みしめて若々しき土屋先生なりき

やはらかに木の芽萌えたる谷の道杖ひきたまふ師に従ひき

海青し

白きスカートひるがへしつつ近づけり金津の駅に降り立つ我に

すこやかに今日ある君を育みし三国の海に我は来にけり

燈台の果てにかがやく海青しはるかに君と行かむと思ふ

暁の風のひびきに目覚めけり雨かとも聞ゆ笹を吹く風

縁先にすすぎの水をおく気配君と思ひしがまたまどろみぬ

障子ひらけば風やや強く朝光は縁に揺れをり笹鳴りの音

美しき調べ

常になく顔こはばりてうつりをり退職の日の父の写真の
停年の父が若がへる如くにも銀座のビルに勤めもちたり
オルゴール鳴りやむ君の部屋思ふ聞ゆるらむか冬夜の潮鳴り
風をさまり十六夜《いざよひ》の月の澄みわたる高架ホームに君をともなふ
公会堂の時計の塔の灯ともりて立つ正面《まおもて》に歩み近づく
美しき調べは胸にあふれゐて並びて夜の階段下る
夜靄たつ冬木の蔭のいし道におのづから歩み揃ひゆきたり

あとがき

歌集「青き斜面」は昭和十九年から同四十五年まで、私の十七歳から四十三歳まで二十七年間の作品から「表現」主宰礒幾造氏の選を経て、七百三十五首を収録した私の第一歌集である。制作上、第一部（昭和三十一年〜四十五年）と第二部（十九年〜三十一年）に分け、習作期のものを後にした。第一部は私の結婚生活に始まり、「表現」に拠って研鑽し今日に至る作品である。第二部は私の作歌の初期から、学生時代、就職を経て私の婚約期まで、いわば習作期の作品を選んだものである。

私の短歌の歩みは中学生の頃にはじまる。療養の一時期を父の生れ故郷、福井県の山ふかい囲炉裏ばたに送った折、歌をノートに書きはじめたのがきっかけだった。その後、戦時下の学徒勤労動員、空襲、罹災、終戦、戦後の荒廃した世相の中に送った学生生活など私は日記に替えて丹念に歌のノートを書きしるした。二十二年北陸アララギ「柊」に、二十三年「アララギ」に入会、三十六年「表現」に入会して今日に至っている。

一方、職歴であるが、昭和二十三年に日立製作所に入社し、機械技術員、クレーン設計、品質管理、宣伝業務、受発送管理などの職務をつとめ、現在特許管理を担当している。その間に企業内工業専門学校の教壇にも立った。その時その時の職務に、私としては精いっぱい取組み、その仕事の上の感動を短歌作品として記録してきた。

家庭生活も、長男の死、長女の股関節脱臼、妻の苦悩など平坦ではなかった。こうした生活の苦節と波瀾、職務の変転が、私の作歌情熱を燃やしつづけてくれたと思う。この歌集、とくに第一部は妻と築いた生活を軸に、仕事をうたい、自然をうたっている。そして人類が月に立ち、万国博が日本で開かれ、日本が世界経済に大きな役割を果す現代の、或いは豊かとも、或いは侘しいともいえる今日の生活の中に、ときとして戦争の傷痕がうずくのである。すなわち「追憶の谷」（本書八六ページ）を第一部と第二部の懸橋《かけはし》として、私の青春と短歌の歩みを回顧する歌集構成が生れた。

＊

戦中戦後の紙質のわるい、すりきれそうなノートにびっしりと書きこんだ私の歌日記、その数冊のノートから第二部「螢雪抄」の歌を選んだ。父母と生き抜いた空襲下の東京、戦後の餞じい思い、ノートを買う金にも困った学生生活の苦しみ、それらは私の短歌人生の源となったし、この時代の作歌執念が私自身を培ったと思う。

私の短歌のもっとも良き理解者だった母は老いて千葉県柏市にあり、わが子達は四季おりおりに祖母を尋ねて可愛がってもらっている。母は長い年月、私の歌集刊行を心待ちにしていた。すでに他界した父と、私の歌集を待つ母と、二人に捧げ贈る歌集として上梓する本書に、私は戦中戦後の歌を除くことができなかった。先に述べたように父の生れ故郷は私にとっては歌のふるさとである。そしてこの地は、戦時中の疎開地となり、戦後の食糧補給所となり心の憩い場となった。青い山峡、清冽な渓流のひびき、その環境を源として私の短歌の写実指向が生れた。本書の題名「青き斜面」は私の自然詠の視点として山や谷、その斜面をうたったものが少なくないことと、斜面のもつひろがり、上りゆく希望と下行への抵抗感と、そうしたものを暗示する言葉として選んだ。

＊

私の属している表現誌上に、私は自己の作歌態度について次のように記したことがある。「自然の美と厳しさを背景とした人間生活、社会環境の中の抒情と写実、そうしたものを自分なりに表現し記録してゆきたい。」と……戦後の混迷期から高度成長経済へと、社会事象の変転を直接詠みこむ力倆は私にはなかった。しかし、私の狭い視野、感覚意識の中で、私の短歌には自然描写と職務又は家庭生活詠というパターンが生れ、素朴に生活短歌を形成しつづけたのである。

私の勤務先、日立製作所は脱都会宣言をして、工場移転計画が着々と進められている。私の職務や家庭生活の転機が迫っていることはあきらかである。そしてそれはまた私の作歌人生においても、一つの転機をもたらすことが当然予測される。この歌集発刊を契機に私は作歌活動の前進と展開をはかりたいと念願している。

本歌集をまとめるに際し「表現」主宰の儀幾造氏に選歌と指導をお願いした上、ありがたい序文をいただいた。深く感謝申し上げる。また先輩、知友の方方の心からの励ましに力づけられた。出版上種々御配慮いただいた短歌研究社小野昌繁社長にあつくお礼申し上げる。

昭和四十八年十月十五日

木下孝一

解説

結城千賀子

著者は太平洋戦争の末期に、十代後半の多感な時期を過ごしている。軍需工場に勤労動員され、B29による空襲に遭い、戦地とはまた異なる生と死の狭間に青春を送った。その中で裡に育んだ短歌への志が、いかに切実真摯なものであったかは想像に難くない。

本集ではその17歳から29歳（昭19〜31）までの作品を習作期として後半に収めるが、ここには既に著者の抒情の原型ともいうべきものが、しっかりと形成されている。若くして「アララギ」で修練したその抒情は清潔にして真率、そして作品は早くも過不足のない完成度を保っているのである。

照空燈敵機挟みつつ遠ぞけば近き町並くろぐろと見ゆ
鉄兜ちぎれとびしがかへりみず燃ゆる戸板を踏み走り出づ
食堂の高粱飯を嚙みしめて帰るゆふべに遠雷をきく

右一首目は遠近明暗のくっきりした叙景に戦時下の緊迫感が伝わる。こうした的確な描写力を、著者は早くに備えていた。二首目の空襲下の間一髪、三首目の戦後の食料難と厳しい時代の予感――、いずれも主情を交えずに客観に徹してなお迫るものがある。抑制の効いた表現のもつ力を、夙に認識していた著者でもあろう。

一方、次のような瑞々しい作もある。

米原を汽車出でしときよみがへる記憶の如く雪野展《ひら》け来

素直なる視線交ししばしさへけふの一日のよろこびとなる

夜靄たつ冬木の蔭のいし道におのづから歩み揃ひゆきたり

望郷の一首目、二、三首目の慕情、いずれも慎ましく吐露された想いが清らかで、こうした謙抑にして柔らかな抒情も著者の持ち味であり、その後の歌の歩みに繫がってゆく。

そして、若きエンジニアとしての職場詠は、戦後の復興と軌を一にする只管《ひたすら》ひたむきな自画像を描き出している。

晩秋の夕の雨の降りけむる沼をへだてし廃工場の塀

夕べとなりともす電燈さへただ暑し腕の汗に製図汚して

門の表に被解雇者らが売る飴を我は買ひしがただ黙《もだ》し去る

一首目は晩秋の景だが、終戦後まもない頃の時代の憂愁といったものが漂う。二首目のひたむきな勤勉さ、三首目の労働争議への心理的な距離感と幾許の後ろめたさ。一市民の哀歓が、そのまま確かな時代の息づかいを感じさせるといってよい。この自らの日々に忠実な視点が、のちに生の真実を詠い、時代を証しする時事詠の数多を生む著者の作歌姿勢の原点となっているのではなかろうか。

本集全体の解説は著者の先師である礒幾造の序に譲り、その抒情の出発点ともいうべき習作期のものを顧みたが、のちの充実した作品のうちの幾つかを左に紹介する。

この地《つち》に現身沈みゆく思ひ死にたる吾子を抱ける我は

くれなゐに照る鋼帯はひた走り巻きとられつつ目にとどまらず

出張は一夜なれども病む妻の薬の袋たしかめて立つ

杉山の山の背ごしに射しとほる光にみだれ萱なびく谷

月の砂踏む感触を伝へつつ「静かの海」に立つひとの声

右の一首目は幼くして亡くなった長男を詠う。上句の感覚に父としての悲痛の極みが如実であり、三首目は病み妻への労りが下句の動作に滲む。共に肉親を詠んで深い愛情が伝わるが、表現は常に浮付《うわつ》かず質実である。

また、製鉄所の矚目である二首目は製造現場の力強さと迫力がさながらであり、四首目の自然の相は清澄である。どちらにも対象を精細に見つめる写実の眼が活きていよう。

五首目はテレビ画像から。後に著者は、積極的にメディアに取材した作品を詠み、時代の証言とする姿勢を貫いてゆくが、この一首などもその嚆矢で、月面中継の感動を記録したものである。

第一歌集はその歌人の方向性を示すというが、まさに著者の生涯を貫く歌業の特質は本集に明らかである。集の掉尾には、「追憶の谷」一連が置かれており、中に次の二首がある。

国敗れし彼の夏を馬草刈りし山けふ我は来ぬ二十五年経て
今思へば敗戦の日は近かりしこの谷に馬草刈りし日ありき

そして後年、著者第七歌集『夏の記憶』（平19・短歌新聞社刊）に、

馬草刈る手を利鎌にて切りしこと戦争の日の夏の記憶に

の、一首を収める。馬草は軍馬の飼料であり、戦時の記憶の象徴でもあろう。三十七年を経て呼応するこの作に、最初の二首が歌人としての著者の原風景であることを改めて思う。この「馬草を刈りし」日々こそ、焦土と化した東京を逃れ、少年の著者が短歌を作り始めたときであった。

木下孝一略年譜

昭和二年（一九二七）
一月十八日、福井県敦賀市に生まれる。父木下喜助、母亮の長男。

昭和八年（一九三三）　6歳
和歌山県高野口尋常高等小学校に入学。

昭和十四年（一九三九）　12歳
和歌山県立伊都中学校に入学。

昭和十六年（一九四一）　14歳
四月、東京府立第七中学校（現都立墨田川高校）に転校。十二月、太平洋戦争開戦。

昭和十七年（一九四二）　15歳
胸を病み休学する。

昭和十八年（一九四三）　16歳
引き続き休学し、父の故郷、福井県今立郡上池田村（現池田町）で療養。短歌を始める。

昭和十九年（一九四四）　17歳
病気恢復し、府立第七中学校に復帰。七月、学徒勤労動員で大日本兵器柳島工場に配属、昼夜交替勤務をする。

昭和二十年（一九四五）　18歳
三月十日、B29の東京大空襲で大日本兵器柳島工場焼失、その後横浜市郊外の瀬谷工場に配属。六月、勤労動員解除。七月、福井工業専門学校（現福井大学）機械科に入学するも、七月二十日、B29の福井大空襲で学校は被災、下宿は焼失し、上池田村疎開中の家族の許へ逃れ、ここで終戦を迎える。

昭和二十二年（一九四七）　20歳
福井工業専門学校に在学中、校内文芸部にて短歌会を運営する。北陸アララギ「柊」に入会。

昭和二十三年（一九四八）　21歳
三月、福井工業専門学校機械科を卒業。四月、株式会社日立製作所に入社、東京都足立区の亀有工場に勤務。「アララギ」に入会。

昭和三十一年（一九五六）　29歳
三月、斎藤郁子と結婚。十二月、長女節子出生。

昭和三十四年（一九五九） 32歳
七月、長男純一出生。

昭和三十五年（一九六〇） 33歳
一月、長男純一死去。

昭和三十六年（一九六一） 34歳
八月、創刊間もない「表現」に入会し、礒幾造に師事する。十一月、次男雅宏出生。

昭和三十八年（一九六三） 36歳
六月、次女千恵子出生。

昭和四十三年（一九六八） 41歳
第六回「表現賞」受賞。

昭和四十四年（一九六九） 42歳
十一月、父喜助死去。

昭和四十九年（一九七四） 47歳
三月、第一歌集『青き斜面』（短歌研究社）出版、礒幾造の序文を頂く。十月、『青き斜面』出版記念会を東京都新宿区の日立目白クラブで開催。日本歌人クラブ会員となる。

昭和五十三年（一九七八） 51歳
十一月、次男雅宏十七歳で死去。

昭和五十五年（一九八〇） 53歳
十月、第二歌集『遠き樹海』（短歌新聞社）出版。

昭和五十七年（一九八二） 55歳
五月、長女節子、薄井一夫と結婚。

昭和五十八年（一九八三） 56歳
一月、日立製作所定年、引きつづき福田・長崎特許事務所を経て、日東国際特許事務所に勤務する。

昭和六十二年（一九八七） 60歳
八月、第三歌集『白き砂礫』（短歌新聞社）出版。

平成元年（一九八九） 62歳
七月、日本現代歌人叢書第126集『木下孝一歌集』（芸風書院）出版。

平成三年（一九九一） 64歳
十二月、『私の第一歌集　上巻』（ながらみ書房刊）に『青き斜面』五十首抄収載される。

平成五年（一九九三） 66歳

九月、次女千恵子、金森立と結婚。

平成六年（一九九四）　67歳
四月、第四歌集『光る稜線』（短歌新聞社）出版。六月、現代歌人協会会員となる。

平成八年（一九九六）　69歳
七月、母亮死去。

平成十年（一九九八）　71歳
六月、第五歌集『風紋の翳』（短歌新聞社）出版。日東国際特許事務所を退職、同年秋より毎月一回、表現発行所を訪ね、「表現」の編集作業に加わり、以後三年間継続する。

平成十二年（二〇〇〇）　73歳
「短歌現代」一月号、今月の作家に「少女らと少年」二十一首発表。

平成十三年（二〇〇一）　74歳
十二月、歌論集『写実の信念』（短歌新聞社）出版。妻郁子死去。

平成十四年（二〇〇二）　75歳
「短歌新聞」一月号に、巻頭インタビュー「『写実の信念』出版に当り」登載。

平成十五年（二〇〇三）　76歳
八月、第六歌集『風に耀ふ』（短歌新聞社）出版。

平成十九年（二〇〇七）　80歳
一月、「表現」主宰礒幾造より、結城千賀子と共に編集人に任ぜられ、主として選歌を担当する。八月、第七歌集『夏の記憶』（短歌新聞社）出版。

平成二十年（二〇〇八）　81歳
「短歌新聞」二月号「ふたりの現代作家」に「冬の苑」十三首出詠。十月、『夏の記憶』により平成二十年度日本歌人クラブ東京ブロック優良歌集賞受賞。

平成二十一年（二〇〇九）　82歳
「短歌現代」一月号―六月号に「歌壇作品時評」を連載（六回）。五月、葛飾短歌会会長に選任される。以後、葛飾区文化活動の一環としての短歌講座を受け持ち、平成二十四年現在まで継続中。

平成二十二年（二〇一〇）　83歳

四月、日本短歌協会会員になる。九月、花實短歌会編（代表高久茂）『平野宣紀二百首』（短歌新聞社刊）に、結社外執筆者として鑑賞文四首分を執筆。十月、「表現」主宰儀幾造が主宰を引退、結城千賀子が編集発行人を継ぐに伴い、選者に任ぜられる。十一月、儀幾造死去、葬儀に参列し弔辞を述べる。「短歌現代」十二月号に巻頭写真登載、巻頭詠「茂吉のふるさと」二十五首発表。

平成二十三年（二〇一一）　84歳

「短歌往来」四月号に、追悼儀幾造「貫いた写生の伝統」執筆。

平成二十四年（二〇一二）　85歳

六月、第八歌集『光の中に』（現代短歌社）出版。

本書は昭和四十九年短歌研究社より刊行されました

歌集 青き斜面　〈第１歌集文庫〉

平成25年２月20日　初版発行

著　者　木　下　孝　一
発行人　道　具　武　志
印　刷　㈱キャップス
発行所　**現代短歌社**

〒113-0033 東京都文京区本郷1-35-26
振替口座　00160-5-290969
電　話　03（5804）7100

定価700円（本体667円＋税）
ISBN978-4-906846-40-5 C0192 ¥667E